LOS ÉPICOS C
DOCTOR MAL

Autores:

Eloy Martín
- Presentación Rayoboy

Hugo Martín
- Ilustraciones
- Presentación Hugohulk

Nicolás López
- Capítulo Dr. Malterrador
- Capítulo El plan Malterrador
- Presentación Doctor Malterrador

Darío Membrilla
- Capítulo Superpoderes
- Capítulo El maestro
- Presentación Spiderdarío

Paloma Torres
- Revisión

Daniel D. Membrilla
- Lo demás

Para los que leen, porque sus
sueños alimentan la caldera
que permite avanzar al mundo.

ISBN: 9798585297212

PRÓLOGO

Cuando los chicos me hablaron de este proyecto, casi se me cae el mundo encima. Había pasado ya un año del lanzamiento de la película y todo había cambiado demasiado deprisa. A pesar de las señales de peligro que centelleaban con insistencia, accedí. Al fin y al cabo, se trataba de mi hijo y sus amigos.

Fue, de hecho, una reunión con mi hijo y sus abogados la que me convenció de la idoneidad de este proyecto. Era la oportunidad perfecta para arreglarlo todo. Quizás no para que la vida volviera a ser igual que antes de rodar *Los épicos*, pero sí para normalizar la situación.

Aquella primavera del 2019, cuando el mundo era inocente e ignorante de la pandemia que se le venía encima, se rodó la película más taquillera de la historia del cine. ¿Quién podría creer algo así cuando Nico, Darío y Hugo planeaban el rodaje en los recreos del colegio?

Lo cierto, y no quiero pecar de soberbia, es que la dirección y el guion de la película fueron extraordinarios y, unidos a la magistral producción de Ana Caro, convertimos una película casera en una superproducción a la altura de Bollywood. Y claro, los actores. Nada de esto hubiera sucedido sin las fantásticas interpretaciones de todos y cada uno de los personajes de la película.

Recuerdo lo felices que éramos al principio, antes de que todo se descontrolara. Día sí, día no, nos entrevistaba una televisión o un periódico local. Empezamos a ganar algo de dinero y nos sentíamos satisfechos por el trabajo realizado. Todo cambió cuando Universal Network adquirió los derechos. Es una historia ya conocida: repercusión mundial, fama desmedida, toneladas de dinero, etcétera.

Donde antes hubo familias y amigos, surgió una guerra fratricida donde se sucedían las alianzas y las traiciones. No me avergüenza reconocer que perdí aquella guerra. Los padres del resto de niños se comportaron como hienas y forzaron un reparto injusto con el que acapararon casi la totalidad de los beneficios. Luego vino el desastre.

Los chicos, nuestros niños, consiguieron hacerse con el control de su dinero y se emanciparon. Al principio vivían juntos, en un hotel de lujo que funcionaba solo para ellos. Vivieron bien unos meses, pero pronto comenzaron los típicos problemas de convivencia: que si Eloy se gastaba millones de euros en *skins* de *Fortnite*, que si Nico se había hecho adicto a los refrescos de cola, que si Darío estaba transformando el hotel en un *Minecraft* gigante, que si Hugo tenía contratados a cuarenta y cinco personas que se dedicaban a comprarle *Playmóbil* especiales de todo el mundo…

Aquello no duró mucho. Ni los chicos ni sus padres estaban preparados para ese nivel de vida. Además de su propio despilfarro, la legión de aduladores y alimañas que siempre les rondaba fue esquilmándolos poco a poco hasta dejarlos arruinados. ¿Qué se podía esperar? No eran más que chicos de ocho años.

Cuando Darío vino a verme a mi mansión de Beberly Hills, la grande, no la pequeña de al lado de Will Smith, algo se rompió dentro de mí. No podía dejar en la estacada a los chicos. Les prometí que escribiríamos el mejor libro de aventuras jamás escrito; o, al menos, uno que proporcionara los suficientes beneficios para cubrir nuestras «necesidades» hasta el fin de los días.

Daniel D. Membrilla.

4

SUPERPODERES

Tranquila City es una ciudad muy pacífica y es donde nuestros amigos Darío y Hugo comenzarán su aventura. Pero lo malo de Tranquila City es que está a solo un puente y un río de Criminal City y ahí sí que pasan cosas malas. Nuestros protagonistas, Darío y Hugo, eran muy amigos y siempre estaban juntos. Ellos se conocieron cuando estaban en clase. Estaban haciendo una tarea en el cuaderno, se los intercambiaron para corregirlos y los dos vieron que, en el de Darío, había una página arrancada y, en el de Hugo, un garabato; y así se rieron hasta que se hicieron amigos. Jugaron a muchas cosas hasta que ya no se les ocurría a qué jugar. Hugo era de altura media, tenía gafas de color negro, su pelo era rubio, tenía la camiseta de color morado y los pantalones de color amarillo, (aunque no pegaba nada) y le gustaba mucho dibujar. En cambio, Darío era alto. Él también tenía gafas pero de colores grises y azules. Tenía el pelo de color casi rubio, llevaba una camiseta de color azul y unos pantalones de color verde.

Estaban en la casa de Hugo, sentados en su sofá y tenían cara de estar muy aburridos.

—¡Qué aburrimiento! —dijo Hugo con cara de no haber hecho nada en cinco horas (aunque sí que hizo cosas en esas cinco horas).

—Sí tío —dijo Darío con una cara aún peor.

—Sí tío —repitió Hugo.

Hugo estaba pensando qué podían hacer cuando Darío dijo:

—¿Por qué no vamos a un campo que hacen pruebas científicas?

—¿Científicas de qué? —preguntó Hugo.

—Pues de ciencia —dijo Darío como si fuera obvio.

—Vale —dijo Hugo.

Y los dos chocaron sus puños y se pusieron en marcha.

El bosque era frondoso, tenía algunos cauces de ríos cercanos y hacía muchísimo calor. Los pájaros cantaban cuando se escuchó:

—¡Hugo vente! —dijo Darío sentado en un banco al lado de un río.

—¡Qué pasa, Darío! —dijo Hugo. De repente se resbaló, cayéndose al río y pegándose un buen porrazo. Una araña apareció cerca de Darío y le picó.

—¡Aaaaah! —gritó Darío dolorido.

Mientras tanto Hugo salió del río, escalando con mucha facilidad, cogió una piedra y la tiró. La piedra dio la vuelta al mundo y pegó contra su espalda. Entonces se dio cuenta de que el río ¡le había dado poderes de fuerza! Y que la piedra estaba muy dura. Por el otro lado Darío echó unas cuantas telarañas a un árbol, trepó por ellas, hizo una casa de tela de araña y se dio cuenta de que ¡él también tenía superpoderes, pero él, de araña!

Bueno, la razón de que Hugo obtuviera los poderes era que en unos arbustos había una alcantarilla gigante con líquido asqueroso que provenía de una central de residuos tóxicos y, en vez de convertirse en cenizas, le dio superpoderes de fuerza. La explicación de los poderes de Darío es porque la araña que le picó era pariente de la que le picó a *Spiderman* y por eso tiene esos poderes. El problema era que, como la araña estaba loca, de vez en cuando hacía alguna locura.

—¡Tío, tengo superpoderes de fuerza! —dijo Hugo flipando en colorines.

—¡Yo también, de araña! —dijo Darío con el mismo gesto.

—¡MADRE MÍA!

Y desde ese momento se llamaron Hugohulk y Spiderdarío

Nuestros amigos llegaron a la casa de Hugo y se sentaron en el sofá.

—¡Qué aburrimiento! —dijo Darío que estaba pensando qué hacer con los poderes: un sofá de araña, una lámpara de araña... Hugo lo interrumpió.

—Ya, somos superhéroes y no sabemos ni lo que podemos hacer —dijo pensando qué hacer con los superpoderes: si destruir una montaña, si hacer un terremoto... y en ese momento se le ocurrió algo a Darío.

—¿Por qué no vamos a Criminal City que seguro que hay criminales? —dijo Darío contento por tener una idea.

—¿Y por qué va a haber criminales? —pregunto Hugo calculando el porqué.

—Porque es Criminal City —dijo Darío pensando si sería posible que en Criminal City no hubiera criminales.

Y se fueron contentos a Criminal City pensando que estaba cerca.

DR. MALTERRADOR

Como toda ciudad tiene un supervillano «tonto», el doctor Malterrador y sus experimentos caseros estaban en Criminal City.

De pequeño, Álex (Malterrador) era un cabezón y cuando comía puré se le caía la cabeza al cuenco. En el colegio era un listillo y siempre se metía en líos porque era un empollón y los demás se burlaban de él. Soñaba con crear una CAQUITA mutante para que le ayudase a gobernar el mundo empezando por destruir su ciudad.

Álex creó su primera bomba con 2 años y explotó la casa de sus vecinos José Luis y Adolfo Brasero. Era una especie de niño listo y malo a la vez. Le daba envidia de que los demás jugaban juntos y a él no le hacían caso y estaba solo. Por eso se hizo malvado.

Cuando se hizo mayor se casó con la señora LOLA PP, que aguantaba sus tonterías y le quería.

Entre sus locuras: una vez Malterrador robó el batmóvil y la toalla sudada de Superman, que tiró a la basura porque olía peste.

Aunque Álex siempre había sido muy listo, podía serlo más. Estuvo pensando cómo podía aumentar su cerebro, pero hizo muchos intentos fallidos y se enfadaba mucho cada vez que salía mal.

Pensando y pensando, creía que la mejor forma para conseguir ser más inteligente era coger la inteligencia de otra persona, pero todas las que le gustaban estaban muertas, así que era un problema grande. Finalmente, pensó en una máquina que pudiese hacer que volviese a la vida un superlisto y que pudiese cambiar su cerebro.

Malterrador consiguió su supermegachuliguay inteligencia con su experimento inteligente «El Fusionador». Él se fusionó con Albert Einstein y así consiguió que su cerebro creciese cincuenta mil veces. Pensaréis que cómo lo trajo. Fácil: con la máquina del tiempo, que la creó sin querer intentando arreglar una nevera vieja. Necesitaba un destornillador, pero sin querer, utilizó una llave inglesa. Entonces, pulsó dos teclas a la vez y viajó en el tiempo a la época de Einstein. Decidió que era la mejor opción y lo trajo de vuelta para coger el cerebro y hacerse megainteligente.

Nuestro villano conoció a las supermellis con la nave espacial viajando a Mellilandia. Malterrador se tomó el día libre de experimentos y planes malvados, y decidió que Mellilandia era un buen sitio para descansar de sus locuras. Sólo tardaba un par de horas en llegar y no había muchos cohetes por el camino, así que llegó pitando.

Mientras estaba sentado en una hamaca tomándose un zumo de ojo de marciano, vio pasar a dos mellis que llamaron su atención porque, por su cara, parecían malvadas. Eran altas, delgadas, con pelo largo y ojos grandes de color marrón. Entonces pensó que serían sus esbirras perfectas y habló con ellas para convencerlas de que era un buen plan.

Las supermellis son metamórficas digestivas, o sea, que se transforman en lo que se comen. Por ejemplo, si se comen una sandía, son dos sandías. Y si se comen dos niñas, son dos niñas.

Tanto Yuey como su gemela Muey aceptaron y desde ese momento fueron sus inseparables supermellis.

Además, contaba con la ayuda de Matatamán, un malote que estaba ahí cuando le llamaba para hacer lo que él quisiera: desde dar una somanta de palos a alguien hasta robar lo que quisiera o necesitara para hacer un experimento.

CRIMINAL CITY

Darío y Hugo cruzaron el puente, el que siempre les habían dicho que no se podía cruzar bajo ningún concepto, abandonando la placidez de Tranquila City en busca de aventuras y algún villano al que patear. Cuando llegaron al otro lado del río, miraron nerviosos a todos lados esperando ver aquí y allá a malhechores haciendo mil y una canalladas. En lugar de eso observaron a una adorable anciana tirando la basura, a un señor con gafas paseando a un perro vestido con una horrenda camisa morada y a dos niños volando una cometa. Desde luego Criminal City no era lo que esperaban.

Lo cierto es que Criminal City no se diferenciaba casi en nada del otro lado del puente. Hacía ya muchos años que la liga de los héroes había encarcelado a todos los supervillanos. De hecho, hasta los héroes estaban ya jubilados. Por ejemplo, Supertío era el dueño del club de Golf de la colina, al norte de la ciudad; Panterawoman regentaba una cadena de gimnasios que contaba ya con cinco locales, y seguía expandiéndose; Águilaboy, ya con las plumas blancas, se había retirado a la montaña a meditar, pero volvió un año después, se metió a política y llegó a ser alcalde de la ciudad (luego le pillaron en negocios poco legales con la basura de la ciudad y le metieron en la cárcel. Nunca fue un héroe muy bueno, la verdad). El caso es que nuestros jóvenes amigos fueron buscando aventuras y encontraron solo más aburrimiento.

—Si lo llego a saber me quedo en la casa, aquí no pasa nada —dijo Hugo con la nariz arrugada.

—Esto es un aburrimi… espera. —De pronto, Darío se quedó quieto con una sensación extraña. Era como si unos rayos eléctricos le ascendieran desde el cuello hacia la cabeza—. Mi sentido arácnido me avisa de un peligro. ¡Allí!

Darío señaló a un bloque de pisos tan normal que a Hugo le pareció que se estaba quedando con él. ¿Sentido arácnido? ¿Qué era eso? En cualquier caso, habían venido buscando aventuras y no las iban a conseguir paseando por la calle.

Hugo se acercó a la puerta del garaje, la agarró por abajo y levantó los doscientos kilos de peso como si fuera la merienda. Darío lo miró atónito. Unos meses atrás, un abusón de patio de colegio los tumbó a los dos de un soplido y les quitó el desayuno. Si los viera ahora…

Los zumbidos arácnidos devolvieron a Darío a la realidad. Ante ellos se abría un oscuro garaje y se escuchaban ruidos raros y risas maquiavélicas. Hugo y Darío avanzaron despacio, ocultándose entre los pilares y los vehículos. Se estaba cociendo algo chungo en ese lugar y estaban ansiosos por probarse a sí mismos y enfrentarse al mal, vencerlo y recibir luego el agradecimiento de toda la ciudad. Lo cierto es que no estaban preparados para lo que vieron: un hombre pequeño, o quizás un niño demasiado grande, con pinta de científico mal de la olla. Vestía una bata manchada de mil cosas y reía como un perturbado junto a dos jóvenes mellizas con caras malvadas, pelo rojizo, ropas de colores y que se movían de aquí para allá con mucho trajín.

Darío y Hugo no sabían que habían dado con el doctor Malterrador y sus perversas esbirras. Se ocultaron lo mejor que pudieron y observaron con atención. Lo que parecía seguro es que allí apestaba a criminales, que era lo que habían venido a buscar.

—¿Pero por qué no lo hacemos en el laboratorio? —dijo Muey, la melli vestida de azul.

No era su nombre completo, claro, en realidad se llamaba: Mueyzaratrengoforoksovticaracatortarepeeriter-emeicoruddfarestoestasiendomuylargorefaor, pero el doctor Malterrador se negó a aprenderse más de cuatro letras por melli. En Mellilandia se ponían los nombres a los recién nacidos de esa manera tan rara. Se escogía una letra y continuaba con la inicial de cada una de las cosas que se habían comido sus padres y, por lo tanto, en las que se habían transformado. Los padres de las esbirras de Malterrador escogieron la Y y la M para sus adorables hijas. El resto del nombre se explica porque se habían comido y transformado en una urraca, un elefante rosa de Júpiter, un yogur, una zarigüeya, un armario (esa etapa fue un poco aburrida), una robiliana del planeta Robilia, etc.

—Porque se ensucia — contestó el doctor.

Yuey, la otra melli malvada, no paraba de dar viajes desde el ascensor transportando cosas de científicos. Una probeta por aquí, un matraz por allá… El doctor se colocó en la zona más sucia del garaje y comenzó a trabajar con el instrumental, mezclando un montón de elementos bajo la atenta mirada tanto de sus esbirras como de los héroes escondidos.

—Un pokemon de agua, un pokemon de fuego y una caca humana —dijo colocando los elementos en un matraz grande. Estaba tan ansioso por finalizar su experimento que se olvidó de ponerse guantes y, claro, las manos manchadas de… bueno da igual—. Unos polvos cuánticos… y que se haga la magia.

Puede parecer una mezcla un poco rara, pero Alex Malterrador había empleado la mitad de su vida en desarrollar la fórmula para su creación. Los elementos no eran casuales. Los pokemon no eran muñecos de unos dibujos animados. Él los llamaba así por hacer la gracia, pero la realidad es que eran criaturas del planeta Sisiclaro, muy difíciles de capturar y con capacidades asombrosas. Los polvos cuánticos consistían en la mezcla de partículas subatómicas, que solía usar habitualmente, batido con un poco de materia oscura recogida al rasgar el espacio tiempo en sus viajes temporales. Una pasada, vaya. La caca humana era lo que su cuerpo no quiso de la última cena.

Los elementos reaccionaron y aquello se empezó a poner muy raro. Primero hubo humo, luego una explosión pequeña, después se rasgó el tejido espacio temporal y la mezcla se transformó en una masa de color marrón metálico que palpitaba al ritmo de mil explosiones que sonaban como un grupo de *heavy metal*. La masa se expandía y contraía, levitando frente a su creador, en el más absoluto caos. Surgían y desaparecían terribles seudópodos que mostraban una criatura de pesadilla. Hugo y Darío no podían abrir más la boca del asombro, a riesgo de desencajarse las mandíbulas. Algo parecido le pasaba al doctor; pero, en este caso, era por la risa que reverberaba en el garaje dando todavía más terror a la escena.

La masa fue tomando forma. Una forma un tanto extraña, todo hay que decirlo. Era como un cono de unos dos metros de alto. Dos desgarbadas patas nacían de la base del cono y terminaban en unos enormes pies azules y palmípedos que parecían aletas de bucear. Algo parecido sucedía con sus brazos, enormes, amorfos y con terribles manos de aleta en las que se observaba un líquido viscoso que resultaba repugnante. En donde debería estar el pecho, se podían ver una boca gigantesca, con sonrisa de emoticono, y dos ojos grandes, como cabezas de bebé, que miraban nerviosos de un lado a otro. Su piel era marrón y su forma cónica parecía estar formada por roscos colocados unos encima de otros y cada vez más pequeños hasta ser coronados por su sorprendente cabeza de punta. Lo cierto es que la visión de aquella monstruosidad causaba sensaciones de lo más dispares. Lo primero era el miedo, claro, ya que era una visión descomunal y mortífera; pero también daba cierta ternura con aquella amplia sonrisa, aquellos ojos sorprendidos y aquella figura achuchable. Después apareció otra sensación menos agradable.

—Tío, ¿te has tirado un pedo? —susurró Hugo a su amigo.

—¡Qué dices, chalao! Es esa cosa, que huele a mierda.

—¡Lo conseguí! ¡He creado a Caquita! —dijo el doctor levantando los brazos y mirando al cielo... del garaje.

La criatura continuaba mirándolo todo con la curiosidad de un recién nacido. De pronto, algo se torció en su sonrisa. No mucho, solo un matiz de desagrado.

—Amo, aquí huele muy mal —dijo buscando el origen del olor.

—Claro. Eres tú que eres una cacota —contestó Alex Malterrador.

El monstruo se olió a sí mismo y su sonrisa se tornó otro tanto más triste.

—Es verdad.

El doctor y sus esbirras rieron ante la ocurrencia de Caquita. De hecho, Alex casi se cayó de culo al suelo. Estaban eufóricos. El trabajo de muchos años había fructificado al fin. Caquita era real.

—Vamos a destruir la ciudad. Se van a enterar de quién es el doctor Malterrador. ¡Ha, ha, ha!

Los héroes se miraron desde su escondite. Hasta ahora todo era muy sospechoso y muy terrorífico, pero en realidad no tenían nada en contra de Malterrador. Al declarar su intención de destruir la ciudad, su condición de héroes les capacitaba para darle de tortas.

—No se va a enterar nadie porque os vamos a dar una paliza —dijo Hugo saliendo de su escondite, seguido por Darío, ambos con un paso decidido y chulesco. Como si fueran *cowboys* en una película del oeste.

Alex pegó un brinco. No le gustaba que le sorprendieran. Luego vio a los dos niños que se acercaban y casi se atraganta de la risa.

—¿Esto qué es? ¿Os habéis escapado de la guardería? —dijo señalándolos—. ¡Caquita, ataca!

Caquita dudó un segundo, pero algo le impulsaba a obedecer a su amo. Aunque no tenía claro qué hacer, actuó por instinto: dio media vuelta con un salto y se agachó para que surgiera una bola de fuego de la base de su cono (la zona donde estaría ubicado el culo, si fuera un cuerpo humano). Una preciosa luz naranja iluminó todo el garaje. Hugo y Darío saltaron para esquivar la bola de gas incandescente, pero esta explotó a sus pies, lanzando a cada uno para un lado. Se levantaron como pudieron y se buscaron entre el humo y la oscuridad. Al ver que los dos seguían enteros y que los enemigos todavía estaban allí tras el humo, decidieron actuar de forma más inteligente que en todo el día: salir corriendo.

—¡Vámonos de aquí! —gritó Hugo corriendo como gato perseguido por un perro.

—¡Necesitamos ayuda! —chilló Darío corriendo como un ratón perseguido por un gato.

16

17

18

EL MAESTRO

—Este es el sitio del que te hablé. El maestro se llama Bofacio Tortas —dijo Darío entusiasmado por empezar las clases.

—Tiene buena pinta —dijo Hugo viendo como era el local y dándole una puntuación en internet, porque a Hugo le encantaba poner puntuaciones y sobre todo las malas.

Nuestros amigos tocaron la puerta y el maestro la abrió. El maestro Bofacio tenía barba de color marrón, un traje de algún arte marcial y una gorra para atrás como si fuera un rapero

—¿Qué queréis? —dijo el maestro muy serio

—Hola, maestro, necesitamos ayuda para ser mejores superhéroes —dijo Darío un poco nervioso por si no los dejaba entrar.

—Bueno yo también necesito ayuda, venga pasad —dijo Bofacio, el maestro.

Nuestros amigos entraron en la casa de Bofacio Tortas y se sentaron en su sofá de espera. El local era bonito, tenía colores blancos. El sofá era de color negro, también había un sillón blanco y un patio precioso para entrenar. El césped era muy alto. También observaron una gran variedad de plantas y de macetas y era muy bonito.

—Bueno, ¿qué os pasa? —dijo el maestro pensando ya ejercicios para que hicieran.

—Pues mira, a Darío le picó una araña, yo me caí en un río, hay un monstruo en la ciudad y la queremos salvar —dijo Hugo hablando demasiado rápido.

—Y... ¿ya está? —dijo el maestro como si fuera poco.

—Y alguna cosa más que nos ha pasado en la vida —dijo Hugo diciéndole al señor Tortas que no solo le había pasado una cosa en su vida como si fuera un bebé.

—¡Aaahhh! —El maestro pensaba si le estaban contando la verdad cuando Darío dijo:

—¿Entonces nos vas a ayudar? —dijo Darío por si se había quedado en shock o algo.

—Pues sí os voy a ayudar. Tengo una cosa buena —dijo el señor Tortas riéndose de los ejercicios que tendrían que hacer.

El maestro les dijo lo que tenían que hacer y se pusieron a limpiar su salón dando con un trapo y diciendo «dar cera, pulir cera, dar cera, pulir cera», hasta que el maestro entró.

—Maestro, llevamos dos horas poniendo cera en este suelo tan asqueroso —dijo Hugo extrañado de que esos ejercicios fueran para superhéroes.

—¿Esto qué es, para ser mejores superhéroes? —dijo Darío con la misma sensación que Hugo.

—No. Esto es que la casa estaba muy sucia, para que me la limpiarais —El maestro se rio mucho por dentro. «Ellos se creían que esos eran sus ejercicios y se van a enterar. Les voy a poner ejercicios duros de pelar».

—¡Pfffff! —Los dos se decepcionaron mucho pero ya se lo olían.

Los tres se fueron al patio y allí comenzó su verdadero entrenamiento. Allí hicieron de todo: pegaron puñetazos, corrieron y saltaron, ¡ah! y vieron un gato. ¿Sabías que los gatos pueden tirarse de un tejado y quitarle la cola a una lagartija sin matarla? Bueno, después el maestro se fue, ellos cogieron los móviles y se pusieron a jugar a *Fortnite*, pero se hartaron de quedar segundos, así que jugaron al *Minecraft*. Pero en un minuto llegó el maestro.

—Pero, ¿qué hacéis? Ahí jugando con los móviles —dijo el maestro enfadado. No sabía ni de dónde habían sacado los móviles.

—Pues mira, *Fortnite* nos aburre un poco así que jugamos al *Minecraft* —dijo Hugo como si fuera lo más normal del mundo.

—¡Rápido a entrenar! —dijo el maestro enfadado, pero todavía no tenía ni idea de si habían cogido los móviles de dentro del local o de sus bolsillos.

Después de eso, corrieron, saltaron, pegaron puñetazos hicieron flexiones, vieron otro gato, hicieron más flexiones, más, más…

Después de entrenar los chicos se fueron a sentarse fuera y el maestro se puso a pensar en lo que tenía que contarles.

—Bueno, ya os he enseñado todo lo que sé, pero para estar bien del todo, he de contaros un secreto.

—¿Qué secreto? —dijeron Hugo y Darío a la vez, haciendo un coro, con ganas de saber el secreto.

—En la Selva Verde, debajo del gran Árbol de la Sabiduría, hay un rubí que duplica vuestros poderes. Los triplica. Así que id a buscarlos.

Los tres chocaron sus puños y nuestros dos amigos se fueron para la Selva Verde.

CASA DEL MAESTRO BOFACIO TORTAS

ESTE ES EL SITIO DEL QUE TE HABLÉ.

TIENE BUENA PINTA.

BUENO, YO TAMBIÉN NECESITO AYUDA. VENID VENGA PA DENTRO.

NECESITAMOS AYUDA PARA SER MEJORES SUPERHÉROES.

A DARÍO LE PICÓ UNA ARAÑA, YO ME CAÍ EN UN RÍO Y HAY UN MONSTRUO EN LA CIUDAD Y LA QUEREMOS SALVAR.

Y ALGUNA COSA MÁS QUE NOS HA PASADO EN LA VIDA.

VENGA, CONTADME.

Y ¿YASTA?

ENTONCES, ¿NOS PUEDE AYUDAR?

JI, TENGO UNA COSITA MU GÜENA

DAR CERA...

PULIR CERA...

MAESTRO, LLEVAMOS TRES HORAS PONIENDO CERA EN ESTE SUELO TAN ASQUEROSO. ¿ESO NOS AYUDARÁ A SER MEJORES SUPERHÉROES?

¡QUÉ VA! ES QUE ESTABA LA CASA MUY SUCIA, PARA QUE ME LA LIMPIÁRAIS.

¡Wha!

23

MATATAMÁN

Se puede decir una cosa de Matatamán: era un tío malo. Pero no malo de esos de «¡Mamá, Matatamán me ha quitado el juguete!». No, no. Este tío era malo de verdad, malo con agonía. De los que te quitan el juguete, le arrancan todas las piezas, le mete un petardo en un agujero (si el juguete tiene culo, en el culo) y lo lanza a un canasto lleno de gatitos recién nacidos.

Seguramente pensaréis que debía ser malvado por algún motivo. Quizás no tenía amigos de pequeño o sus padres no lo trataban bien. Puede que tuviera una vida tan difícil que lo condujera por el camino de la malignidad sin ninguna alternativa; pero no. Los padres de Matatamán lo educaron con todo el amor posible. Tuvo muchísimas oportunidades de cultivar amistades y su vida fue plácida y sencilla. Es una de esas escasas personas que son malvadas por placer.

Pronto abandonó la comodidad de su familia y se marchó al mundo a desarrollar su perversidad. Estuvo en las mejores escuelas de gente chunga donde aprendió trucos que dan muy mal rollo. Ni siquiera allí hizo amigos. El resto de alumnos malvados le parecían imbéciles. Siempre tenían algún motivo para hacer algo. Que si dinero, que si poder, que si dominar el mundo… Nadie tenía su visión de las cosas. Nadie se divertía simplemente viendo el mundo arder.

No fue hasta que cumplió los veinte años cuando conoció a su único amigo: Johnny Zumbón Watterson. Era un palo. Un palo grande, recio y muy peligroso. Se podría decir que era el palo más mortífero del mundo. Al menos en el top cinco, seguro. Matatamán le llamaba Johnny, porque su nombre completo es demasiado largo y solo lo usaba cuando se enfadaba con él. Por ejemplo: «Johnny Zumbón

Watterson, ¿no te da vergüenza haber zumbado tan flojito a ese policía? Ahora mismo vuelves allí y le zumbas como es debido. Muestra un poco de respeto por ese hombre que está trabajando. ¿Te gustaría que te trataran a ti así?».

Sí, sí. Matatamán estaba bastante perturbado. Él creía que conoció a Johnny en una pelea y que, después de horas luchando, se hicieron amigos para siempre. La realidad es que le cayó en la cabeza paseando por el bosque en un día de temporal. En fin, él era feliz así.

Y así pasaron otros veinte años, más o menos. De un lado para otro del mundo haciendo el mal con su colega Johnny. Como había que comer y vestirse, de vez en cuando trabajaba para ganar algo de dinero. Siempre buscaba los trabajos más malvados para divertirse un poco mientras tanto. Lo que más hacía era cazar. Cazaba de todo: animales exóticos, animales normales, personas… lo que fuera. Pero a veces se aburría de cazar y buscaba otros trabajos donde desarrollar su maldad: periodista, abogado, político, taxista…

Cuando cumplió cuarenta años, más o menos, conoció a Alex Malterrador en la convención de malvados más cañera del mundo, la famosa Chungo-Con. Chocó con él en una ponencia sobre envenenamientos masivos impartida por el doctor Quesadillas. El enorme pie de Matatamán pisó el piececito del doctor Malterrador y este le disparó a la cabeza con un rayo desintegrador. Por suerte Matatamán llevaba un sombrero de copa alta y eso le salvó la vida. Pero las mellis saltaron sobre él y le dieron una somanta de palos de las que no se olvidan. A Matatamán nunca le habían derribado. El único que estaba a su altura (o eso creía él), era su amigo Johnny Zumbón, por lo que no tuvo más remedio que rendirse ante el poder de Malterrador y sus esbirras. Desde aquel momento estaba vinculado a ellos. No todo el rato, porque Matatamán se aburría rápido de todo. Pero cuando el doctor le llamaba, él acudía.

Aquel era uno de esos momentos. Doc (a él le gustaba llamarlo así, pero cuando no estaba delante, porque al doctor le gustaba que le llamaran amo y no era buena idea enfadarlo) le había dado la orden de seguir y espiar a dos niños con cara de papafrita. Johnny se reía de su amigo por verlo haciendo un trabajo tan estúpido y Matatamán tenía un cabreo de narices. Él, que había cazado y dominado a un doble elefante telépata de guerra; que había subido al Everest a capturar a Escaladormán y, cuando llegó abajo, volvió a subir porque se había olvidado el sombrero; que extinguió a los dientes de sable matando a los últimos cuatro ejemplares del mismo guantazo... El trabajo era denigrante, sí, pero Doc tenía malas pulgas y dos mellis que podían machacarle, así que... ¡al lío!

Se aburría tanto siguiendo a los niños que se leyó una novela por el camino. Los chavales entraron a la casa de un tipo barbudo muy raro. Sospechoso. Probablemente tendría que matarlo también. Se encaramó a un árbol y estuvo observando cómo los dos mamelucos entrenaban con el barbudo que parecía ser un maestro de artes marciales, pero de película de las malas. Cuando ya se había terminado *Guerra y Paz* y estaba pensando en empezar *Crimen y Castigo*, observó que el entrenamiento había finalizado y el maestro, o lo que fuera ese tío, les estaba contando algo que podría ser interesante. Se colocó en una rama más cercana y orientó su superoído hacia la conversación. ¡Ja! Al fin algo interesante. Los cenutrios iban a ir a la Selva Verde en busca de un rubí mágico. Doc se pondría contento con esa información. No es que le tuviera miedo, pero...

LA SELVA VERDE

Los papafrita, quiero decir: los héroes, se adentraron en la selva tomando muchas precauciones. Dicen que de los errores se aprende y, después de la paliza que les dio aquel monstruo, no querían exponerse más de la cuenta. El entrenamiento había sido fructífero y se sentían como si hubieran subido un par de niveles, pero todavía podían sentir el fétido calor de la bola de fuego que se comieron.

La selva era verde... bueno y un poco marrón y algunos colores más. La ropa se les pegaba a la piel por el calor y la humedad. Hasta costaba respirar. De pronto, comenzaron a escuchar ruidos inquietantes. Sonaba como una música ceremonial, muy tenue, pero que ponía los pelos de punta. La selva puso a prueba sus poderes ya que tuvieron que saltar los anchos ríos con las telarañas de Darío y abrirse paso, a guantazos de Hugo, por zonas donde la vegetación era más densa. Atravesaron pasarelas de madera construidas mucho tiempo atrás por quién sabe qué civilización perdida. Un escalofrío recorrió la espina dorsal de Darío.

—¡Mi sentido arácnido detecta un peligro!

—¿Dónde, Darío?

—No sé.

Darío estaba confuso. Su poder ya podría ser más concreto. Sentía el peligro por todos lados y no paraba de mirar a su alrededor.

—¡La gema está allí! —dijo Hugo señalando los restos de una misteriosa construcción tribal. Darío casi ni la veía, ya que estaba cubierta por vegetación. Era una suerte de templo con aspecto de ser mucho más antigua que las propias pasarelas en las que se encontraban.

Descendieron hasta el arroyo y ascendieron, apartando ramas y zarzas, por lo que parecía un viejo camino de piedra caliza. La maleza los absorbió y accedieron al interior de un recinto en el que solo permanecía la mitad del techo y algunas paredes que se confundían con la espesura. En el centro del ancestral templo se erigía un altar de piedra tosco y desportillado, cuya base brillaba con un haz de luz de muchos colores.

—¡Aquí está! —dijo Darío exultante.

—¡Aquí es donde era! —dijo Hugo—. Mira, aquí está la piedra.

Darío perdió unos segundos pensando en chorradas, pues ya no sabía si lo que buscaban era un rubí, una gema o una piedra. Esos instantes resultaron fatales pues, cuando su sentido arácnido pudo salir de la empanada mental, ya habían sido sorprendidos.

—¡Esa piedra es nuestra! —gritó el doctor Malterrador.

Alex y Matatamán habían estado siguiendo a los jóvenes y despistados héroes por todo el camino. Ahora que sus presas habían encontrado la piedra, era el momento de quitársela como quien le roba un peluche a un bebé —. ¡Matatamán, ataca!

El cazador estaba de mala leche. Creía que Doc se pondría contento con sus averiguaciones y le dejaría tranquilo, pero Alex le había ordenado que lo acompañara para ablandar las espaldas de los niñatos a palazos. El doctor estaba tan confiado que venía desarmado, sin esbirras y sin monstruo. Pero vamos, había que estar muy loco para pensar que aquellos dos bobalicones podrían hacer frente al cazador y a su palo.

Matatamán lanzó su grito de guerra y estampó a Johnny contra el suelo para enfurecerlo de cara al combate. El sonido reverberó en la roca y casi hace que los chicos ensucien los pantalones; pero, cuando cruzaron mirada, recordaron las enseñanzas del maestro y se prepararon para el ataque. Matatamán corría hacia ellos como un toro con un palo grande. Hugo le esperó con aplomo y le lanzó un directo que le hubiera volado la cabeza de haberlo alcanzado. Lamentablemente el cazador fue más rápido y esquivó el golpe. Johnny hizo lo que mejor sabía y zumbó para curtir lomos. El primero en cobrar fue Darío. El palazo casi lo saca del templo. Después Hugo recibió un estacazo en la cabeza que le hizo olvidar la tabla del ocho. Johnny zumbaba implacable y el cazador se movía como una pantera, mientras los héroes se revolcaban por el suelo llamando a sus mamás. Matamán se giró hacia Doc y le dedicó una sonrisa de imbécil, como diciendo: ¿para esto me traes aquí?

Sucede en multitud de ocasiones que la soberbia y la vanidad desembocan en el peor de los fracasos. Darío aprovechó el vacile del cazador para lanzar sus telarañas alcanzando la parte superior de Johnny. Tiró todo lo fuerte que pudo y el palo, el más mortífero del mundo o uno de ellos, salió despedido de las manos de Matatamán mezclándose con decenas de sus primos en la espesura. El cazador escuchó música triste en su cabeza al ver a su amigo perderse, pero la pesadumbre fue sustituida por el dolor al recibir, a la vez, un puñetazo de Darío en el pecho y una patada de Hugo en el culo que lo lanzó despedido hasta el techo. Hasta aquí llegó la batalla. Matatamán el cazador, el que solo había sido derrotado una vez por mellis extraterrestres, estaba mordiendo el polvo a causa de unos pardillos de medio metro. Un puñetazo de Hugo le alivió la vergüenza enviándolo a dormir. El joven le puso la pierna por encima, adoptó su postura más heroica y declamó:

—¡Nunca cogerás… el diamante!

Darío reflexionó unos segundos. Hugo le estaba liando. ¿Era un rubí, un diamante, una gema o una piedra? Sacudió la cabeza. En realidad, importaba poco.

El doctor no daba crédito a lo que veía y optó por lo más sensato: correr. No se detuvo hasta que estuvo a una distancia razonable, la suficiente para no pillar uno de esos guantazos de veinte euros.

—¡Me las pagaréis cuando traiga a mi monstruo! —amenazó con el puño en alto y cara de fiera. Luego se dio la vuelta, dio un saltito y se perdió a través de la jungla.

Hugo y Darío encontraron el Árbol de la Sabiduría después de media hora de saltos y gritos eufóricos por la victoria contra sus enemigos.

—¡Tío, aquí es donde dijo el maestro! —dijo Hugo con la boca abierta.

—¡Flipa! —contestó Darío mirando el árbol como si fuera un dragón.

—¿Qué te pasa? ¿Tienes miedo?

Darío miró a su amigo con cara de superhéroe veterano, arrugó la nariz y le dio una patada a una piedra.

— ¡Qué miedo ni qué miedo! —La voz sonó demasiado fuerte y aguda—. Lo que pasa es que… —el volumen de su voz se iba bajando conforme hablaba—. Yo qué sé tío. ¿A ti no te da un poco de… cosa?

—¿Cosa? ¿Un árbol que nos va a duplicar los poderes?

—O triplicar —apuntó Darío muy serio—. ¿Y si…, y si en vez de triplicar los poderes lo que hace es fulminarnos con un rayo?

—Ya, claro. Y si en vez de fulminarnos con un rayo no hace que nos crezcan tres cabezas más —dijo Hugo con los brazos en jarras.

—¡Eso! Eso es lo que te digo. No sabemos qué puede pasar.

—Ni lo vas a saber nunca en ese plan, chalao.

Hugo no esperó a ver la cara de su amigo y comenzó a caminar hacia el árbol. Darío movió la cabeza dos veces y siguió a su amigo con paso vacilante. Ambos se colocaron junto al árbol y se miraron.

—¿Estás listo, colega?

Darío asintió con los ojos.

—No te preocupes, hombre. Si te salen dos cabezas, seguiré siendo tu colega. Si te salen dos culos, ni lo sueñes.

—Saca ya el diamante, o lo que sea eso —dijo Darío riendo.

Hugo sacó el diamante. No sucedió nada. Ambos se miraron con decepción y, por qué no decirlo, algo de alivio. Justo cuando Darío empezaba a soltar una risilla nerviosa, comenzó a sonar un pitido tan molesto que parecía que iban a reventarle los tímpanos. Los colores del bosque desaparecieron y todo lo que veían era en blanco y negro, como una película vieja. El viento, antes ausente, arreciaba ahora con una furia que parecía querer destruirlo todo. Los chicos se juntaron un poco y a su alrededor surgió un aura de luz amarilla que contrastaba con el paisaje sin colores. El zumbido aumentó un poco más hasta hacerse insoportable, mientras Darío se horrorizaba al ver que la piel de Hugo se deformaba y se ponía de color verde goblin. Enormes bultos se formaban en los bracitos de su amigo y Darío temió que fueran un montón de cabezas verdes de Hugo que se pondrían a gritar y parlotear a la vez. No, no eran cabezas, sino músculos desproporcionados que iban formándose en el cuerpo del chaval que crecía y crecía hasta llegar casi a los dos metros. El propio Hugo también alucinaba al ver como los músculos de Darío también se endurecían y se cubrían, como por arte de magia, de un traje extraño de goma de color rojo y azul y con una capucha con dos grandes ojos blancos de araña. En ese momento desaparecieron el viento, el aura mágica y el pitido insufrible y volvieron los colores robados al bosque.

Los amigos se miraron de arriba abajo y fliparon. Ahora sí tenían aspectos de héroes.

—¡Tío, estás supermolón! —dijo Darío eufórico por haber sobrevivido.

—¡Y tú también! —contestó Hugo con los brazos en jarras, como si él hubiera sabido desde el principio que todo iba a salir bien.

LOS PODERES DE NUESTROS AMIGOS SE DUPLICARON O TRIPLICARON, LO QUE FUERA.

ESTABAN LISTOS PARA DERROTAR AL DR. MALTERRADOR, A ESE MONSTRUO CAQUITA Y A QUIEN HICIERA FALTA.

Y ADEMÁS, MOLABAN.

EL PLAN MALTERRADOR

El superplán de Malterrador siempre había sido terminar con la galaxia y poderse ir a otra donde fuese el rey, porque en este mundo todos eran unos tontolabas y no quería ni dejarlos vivir ni quedarse aquí.

Para llevar a cabo su plan de destrucción total, tenía que conseguir aumentar su poder al máximo porque quedaban algunos superhéroes que todavía podían hacerle frente y quizá, podrían hacerle bastante daño: los malditos mequetrefes enanos.

Ya tenía su superinteligencia que había conseguido con «El fusionador» y la ayuda de las supermellis, Caquita y Matatamán. Era el momento de robar el rubí de la Selva Verde para multiplicar su poder y hacerse con la destrucción de la galaxia. Tenía que conseguir el rubí y ponerlo en el Árbol de la Sabiduría para que con los rayos de la luna y la fuerza de la tierra se produjera una especie de eclipse y le hiciese mil veces más fuerte.

Con esa piedra conseguiría no sólo ser más poderoso sino ser indestructible para que al hacer explotar la galaxia él no saliese herido. Pretendía hacer una megabomba con una mezcla de ingredientes radioactivos: pokemons, zumos de fruta caducados, residuos de centrales nucleares, líquidos fluorescentes, polvos cuánticos y un eructo de caquita, su creación más importante hasta ese momento.

Pero no contaba con que Darío y Hugo le quitarían su piedrecita. Intentó llegar antes que ellos, incluso se llevó a Matatamán y a su Johnny, pero no fue posible cogerla. Así que tuvo que hacer un plan B. Atacaría la galaxia sin la piedra, pero crearía una nave alienígena para tener una huida segura y poder reinar en otra galaxia.

La creación de la nueva nave fue rápida porque usó una antigua que tenía en su garaje de cuando luchó contra Atlantis, un ejército churriano a los que les quitó tridentes con poderes. Solo tuvo que cambiar algunos tornillos, para lo que las Supermellis le fueron útil. Incorporó una tele y lanzadores de caquitas para divertirse mientras llegaba a su nuevo destino.

Todo estaba calculado y pese a que las cosas no habían salido como él esperaba, realmente creía que podía funcionar. Iba a ser su gran momento y de una vez por todas podría ser el superdoctor Malterrador, el villano más grande que jamás se hubiese conocido. Aunque como iba a matar a todo el mundo, nadie iba a reconocerlo y a darle la enhorabuena, pero bueno, eso no le preocupaba mucho porque en la nueva galaxia a la que iba a ir, ya lo contaría y se haría superfamoso allí.

Elaborar un plan como este le llevó prácticamente toda la vida, porque, aunque empezó queriendo destrozar Criminal City y Tranquila City, poco a poco iba queriendo destruir más y más sitios, por lo que siempre había que ir aumentando el poder de destrucción.

Además, lo tenía muy claro: si en la galaxia nueva le trataban como en esta, también la derrotaría y se iría a otra. Lo único que tendría que hacer sería buscar unos nuevos esbirros, porque, aunque ellos no lo sabían, iban a morir junto con todo el mundo; salvo Caquita, que era su creación especial y no quería ver cómo se quedaba aplastada y hecha cachitos.

HUGOHULK ES UN POCO BRUTO, LE GUSTA MUCHO HACER PESAS. LE ENCANTA COMER VERDURAS. NUNCA SE CAMBIA LA ROPA. LE GUSTA DESTROZAR COSAS.

SU PUNTO DÉBIL ES QUE ALGUIEN SEA MÁS FUERTE QUE ÉL.

SPIDERDARÍO ES UN POCO GRACIOSO Y LE ENCANTA JUGAR CON SUS AMIGAS ARAÑAS. NO LE GUSTA MOJARSE PORQUE SU TRAJE SE MOJA Y PORQUE EL CIEN POR CIEN DE LAS VECES ESTÁ ULTRAMEGACONGELADA. O SEA, FRÍA.

TAMBIÉN LE ENCANTAN LOS COMICS Y SOBRE TODO LOS QUE SALE ÉL. Y LO QUE MENOS LE GUSTA ES QUE LE DEN MILLONES DE SUSTOS.

EL DOCTOR MALTERRADOR TIENE COMO OBJETIVO GOBERNAR EL MUNDO Y TODA LA GALAXIA Y NO LE IMPORTA HACER TODO LO QUE SEA NECESARIO PARA CONSEGUIRLO.

SU PERSONALIDAD ES EXTRAÑA Y NO TIENE AMIGOS. ES MUY INTELIGENTE, PERO OBSESIVO Y ESO MISMO ES SU PUNTO DÉBIL.

¿ES UN ANIMAL? ¿ES UN ALIENÍGENA? ES UNA MONTAÑA DE CACA DE DOS METROS DE ALTA Y CON UN PODER DE DESTRUCCIÓN SOLO COMPARABLE A SU MAL OLOR.

NO TE DEJES ENGAÑAR POR SU CARITA SONRIENTE Y SUS OJOS BONACHONES. HA MATADO A MÁS GENTE QUE LA VIRUELA. CARECE DE SENTIMIENTOS COMO LA PIEDAD O LA COMPASIÓN. JAMÁS SE HARÁ TU AMIGO. ADEMÁS, ¿QUIÉN QUERRÍA A UNA CACA GIGANTE COMO AMIGO? NADIE.

DESTRUCCIÓN

¡Luz, fuego... destrucción! El doctor Malterrador tomó la calle junto a su séquito malvado. Las supermellis disparaban y desintegraban a todo con lo que se cruzaran, ya fueran personas, farolas, edificios o saltamontes. Le hubieran disparado hasta a su padre si hubiera aparecido por allí. Caquita hacía caer edificios enteros reventando sus cimientos, ya fuera con poderosos golpes de aleta o con nauseabundas bolas de fuego hediondo. Álex no disfrutaba tanto desde que era niño. Primero caerían estas ciudades repletas de necios, luego destruiría el mundo y, para finalizar, la galaxia. Empezó a aporrear la pantalla de su libreta electrónica y aparecieron cientos de drones en formación que destruían manzanas enteras al sobrevolarlas. Tocó otras teclas y se sucedieron decenas de explosiones coordinadas por toda la ciudad. Malterrador reía como un loco. Mirara a donde mirara, había algo que le hacía sonreír. Un niño en monopatín alcanzado por una bola de fuego y volando por los aires, un rascacielos en llamas, un grupo de *boy scouts* sollozando al ver su puesto de galletas explotar... En ese momento se le cogió un pellizco en el pecho. Por primera vez sintió temblar su implacable mano. ¿Se estaría pasando? Ver a aquellos pobres chavales sentados y llorando le hizo recapacitar. ¿Por qué había tenido que destruir aquellas deliciosas galletas?

—¡Eh, imbéciles! —gritó a los *boy scouts*— Traedme galletas de esas o sus desintegro.

El plan estaba en marcha. Criminal City estaba destruida y, en cuanto cruzara el puente, seguiría con Tranquila City. Las explosiones resonaban a su alrededor mientras se relamía con su victoria. Ya casi podía saborear esas galletas.

BOFACIO TORTAS ES DE ANTEQUERA, DONDE SE COMEN LAS PAPAS ENTERAS. NADA HIZO PENSAR QUE SE CONVERTIRÍA EN UNO DE LOS MÁS IMPORTANTES MAESTROS DE ARTES MARCIALES DE LA HISTORIA DE LA HUMANIDAD. APRENDIÓ DE BRUCE LEE, STEVEN SEAGAL, HATORI HANZO, GOKU Y BUD SPENCER. CONOCE CIENTO CINCUENTA Y SEIS MANERAS DE DAR UN GUANTAZO. HA ENSEÑADO A MIL HÉROES A DOMINAR SUS PODERES. AHORA ESTÁ JUBILADO. SOLO LE GUSTA VISITAR OBRAS Y REÍRSE DE LOS PRINGAOS QUE TRABAJAN.

RAYOBOY ES IMPRESCINDIBLE EN LOS ÉPICOS. TIENE PODERES CHISPEANTES, QUE USA PARA DETENER A TODO VILLANO. ES SERIO, NO TIENE PIEDAD. MAL PERDEDOR, PERO BUEN GANADOR. SIEMPRE VISTE DE AZUL, NEGRO Y AMARILLO, QUE NO FALTE, Y SUS MEJORES AMIGOS, LOS RAYOS, QUE FULMINAN AL ENEMIGO A SU FAVOR. LOS PODERES CHISPEANTES LOS CONSIGUIÓ TRAS DAÑARSE CON UN INESPERADO RAYO PROVOCADO POR EL MARTILLO DE THOR. EL PODER SE ALMACENA EN SU CAPA AZUL. Y ESA ES LA HISTORIA DE RAYOBOY.

YUEY Y MUEY SON METAMÓRFICAS DIGESTIVAS, O SEA, QUE SE TRANSFORMAN EN LO QUE SE COMEN YA SEA UNA LECHUGA, UN SUBMARINO O UN MOCO VERDE. VIENEN DEL PLANETA MELLILANDIA, Y SU FORMA ACTUAL ES LA DE DOS NIÑAS HUMANAS CON CARAS MALVADAS. NO SE SABE SI LAS CARAS MALVADAS SON POR SER ALIENÍGENAS COMENIÑOS O LAS TENÍAN LAS NIÑAS ANTES DE SER COMIDAS. EN CUALQUIER CASO, NO TE ACERQUES. SI NO LES GUSTAS, MALO, TE MATARÁN; SI LES GUSTAS, PEOR, TE COMERÁN.

LA FORMA RÁPIDA DE DESCRIBIRLO ES: "UN TÍO MUY MALO CON UN PALO". LUEGO SE PUEDE ENTRAR EN DETALLES QUE DAN PROFUNDIDAD AL PERSONAJE: QUE SI EL PALO ES SU MEJOR AMIGO Y SE LLAMA JOHNNY ZUMBÓN, QUE SI LO ÚNICO QUE LE GUSTA ES VER EL MUNDO ARDER. QUE SI ESTÁ UN POCO CHALAO DE LA OLLA, ETC.

SI TE LO CRUZAS EN LA CALLE TIENES DOS OPCIONES: O CORRES, O TE HACES PASAR POR UN PALO.
¡SUERTE!

RAYOBOY

No muy lejos de allí, un muchacho observaba las nubes de humo que ascendían desde la ciudad destruida. Rayoboy no podía creer lo que estaba viendo. Su familia se había trasladado a Tranquila City por ser un sitio donde nunca pasaba nada. En su antiguo hogar, la gente era tan horrible que se sucedían los desastres día sí, día también. Por suerte, o por desgracia según sus padres, él tenía un arma secreta: dominaba al rayo. Sucedió un año antes, cuando paseaba por Junglatown, su antigua ciudad. Iba de camino al colegio y empezó a escuchar ruidos extraños. De pronto el cielo se oscureció y aquí y allá aparecieron rayos que partían el cielo, acompañados de truenos ensordecedores. Aligeró el paso y se cubrió con su capa azul, de la cual nunca se separaba, cuando vio dos figuras que luchaban en el cielo. Eran Thor y un villano que no conocía y se estaban dando una paliza de muerte. Eloy, que así se llamaba el chaval, se subió a un contenedor, uno de esos metálicos, y se puso a ver la pelea y a animar a Thor; pero, en el fragor de la batalla, uno de los rayos del martillo de Thor se escapó de su destino y fue a parar a los pies de Eloy. La electricidad recorrió todo el contenedor y el cuerpo del muchacho. Si alguien hubiera estado cerca le habría visto hasta los huesos por dentro, como una radiografía. Ante un alcance así, solo se esperaría la muerte por rayo; pero se dieron dos felices casualidades. En primer lugar, Eloy tenía una asombrosa capacidad para conducir y resistir a la electricidad, cosa que se demostró cuando, siendo un bebé, metió la lengua en un enchufe y se hizo pipí de las cosquillas. Además, su capa favorita estaba hecha de raytela, un material extraterrestre que almacenaba la electricidad. El accidente que debería haberlo destruido lo convirtió en un héroe capaz de manejar la electricidad a su antojo. Eso sí que mola.

En Junglatown se metió en varios líos usando sus poderes para hacer de la ciudad un lugar mejor. Si veía a un niño robando la bici de otro, rayo en el culo; si unos encapuchados entraban en un banco con pistolas, rayo en el culo; si observaba a chetos haciendo trampas en *Fortnite*, raaaayo en el culo. Y claro, tantos rayos en tantos culos le hicieron granjearse una cantidad enorme de enemigos y, cuando sus padres se enteraron, tomaron la decisión de mudarse a Tranquila City y, de paso, prohibir al chico esa mala costumbre de freír culos.

La vida, en cambio, parecía tener otros planes para Rayoboy. No llevaba ni una semana en la ciudad, y ya se encontraba en medio de la destrucción. Sacó su móvil para ver las noticias y enterarse un poco mejor de lo que estaba sucediendo. Justo estaban cortando la programación de la CCN para un boletín de noticias. En pantalla aparecía el presentador Antón Apus, famoso por su melena salvaje y sus comentarios jocosos. En esta ocasión no se le veía tan jovial y espontáneo como era habitual, sino que parecía nervioso y apresurado.

—Interrumpimos la programación para ofrecerles una noticia de última hora. Se está produciendo la destrucción de la ciudad por parte de un científico loco y un monstruo con aspecto de deposición humana, dentro vídeo —Se abrió una segunda pantalla en donde aparecía la ciudad a vista de helicóptero, con llamas y humo por todos lados, ruidos de sirenas y gente corriendo por las calles como si fuera el fin del mundo. El cámara hizo zoom hacia un gran edificio en llamas con un cartel luminoso donde se podía leer CCN —. Como podemos ver la ciudad está siendo destruida… incluso edificios importantes como el de… la televisión… y es que… ¡¡¡Vamos a morir todos!!!

Se escucharon risas, como si todo aquello le hubiera parecido gracioso a alguien. En realidad, era el director del programa que se había reído del susto, justo antes de desmayarse. En ese momento se cortó la señal.

Rayoboy movió la cabeza. Esto era mucho más importante que los pequeños delincuentes a los que rayeaba en su ciudad, pero un héroe es un héroe esté donde esté, y aquí había culos que freír.

—¡Esto es un asunto para Rayoboy! —dijo con pose de tío guay y mirando al infinito.

PERO EL MAL NUNCA DESCANSA, Y EL DOCTOR MALTERRADOR, Y SUS ABYECTAS ESBIRRAS, LLEVARON A CABO SU MALÉVOLO PLAN

¡LUZ, FUEGO... DESTRUCCIÓN!

LOS TERRORIFÍCOS INVENTOS DE ESTOS GENIOS LOCOS Y EL PODER DE CAQUITA, SUMIERON A TRANQUILA CITY EN EL CAOS.

¡VAMOS, CAQUITA DESTRÚYELO TODO. DESTRÚYELO YA!

ELIMINAD A ESE CIUDADANO DESCONOCIDO

¡UY!

INTERRUMPIMOS LA PROGRAMACIÓN CON NOTICIA DE ÚLTIMA HORA.

COMO PODEMOS VER LA CIUDAD ESTÁ SIENDO DESTRUIDA. INCLUSO EDIFICIOS IMPORTANTES COMO EL DE LA TELEVISIÓN...

Y ES QUE... ¡¡¡VAMOS A MORIR TODOS!!!

FINAL ÉPICO

Hugo y Darío saltaban de rabia en el sofá al ver las noticias. Ese científico imbécil y su monstruo apestoso estaban reventando la ciudad. No hizo falta cruzar palabras. Era la hora de las tortas.

Saltaron por la ventana, que era más rápido, y se desplazaron balanceándose en telarañas uno y con enormes saltos el otro. Pronto llegaron al límite de la zona devastada, justo a tiempo para ver cómo un edificio se derrumbaba a los pies de dos niñas pequeñas, pelirrojas e indefensas.

Hugohulk saltó tanto como pudo y agarró una descomunal mole de cemento y acero que se cernía sobre las cabezas de las niñas. Spiderdarío tejió una red donde cayeron enormes cascotes que también estaban a punto de sepultar a aquellas inocentes criaturas. De pronto las inocentes criaturas se miraron y dispararon sus pistoláser, desintegrando tanto la mole de cemento y acero como los enormes cascotes. Luego pusieron sus armas en modo ráfaga y dispararon sobre sus «salvadores».

—¡Qué les pasa a estas niñas! —dijo Hugo mientras se escondía detrás de un pilar.

—¡Están reventás de la cabeza! —dijo Darío haciendo piruetas y esquivando rayos que desintegraban todo contra lo que impactaban.

Y así estuvieron un buen rato. Los héroes saltando y escondiéndose y las supermellis desintegrando todas sus coberturas.

—Pues ya me están inflando las narices —dijo Hugo, de pronto—. Colega, maniobra de distracción, como en el *Fortnite*.

43

Darío sabía bien a qué se refería. Él tenía que construir defensas y atraer el fuego enemigo, mientras Hugo les cogía por la espalda y les daba para el pelo.

Con sus redes, colocó escombros y mobiliario formando una improvisada escalera y ascendió por ella mientras esquivaba los rayos desintegradores de las adorables pelirrojas. Las pobres no lo vieron venir, solo sintieron el porrazo. Darío sí vio como Hugo se aproximaba por detrás y las golpeaba con un camión. ¿Un camión? Sí, lo primero que se le puso a mano. Las supermellis estaban acamionadas. Quiero decir, acabadas. Yuey miró a Muey. Fue solo un segundo, pero las mellis no necesitaban más tiempo para comunicarse entre ellas. En ese segundo le había dicho: «Oye, vaya paliza nos han dado estos dos palurdos, ¿no? Sí, tía. Nos hemos descuidado y nos han dejado hechas polvo. No me puedo ni mover. ¿Qué te parece si nos comemos estos escombros y nos transformamos en ellos? Así no nos descubrirán nunca y...».

Por desgracia para ellas no tuvieron más de un segundo para comunicarse, porque Darío las cubrió de redes hasta hacerlas parecer momias de melli, y las dejó colgadas de una viga.

—¡Cómo mola, parecen capullos de mariposa! —dijo Hugo.

—Un poco capullas sí que eran —Darío sonreía nervioso. Victoria magistral, sí, pero no podía dejar de pensar en que aquellos rayos habían estado a centímetros de desintegrarle, y a él le gustaba estar bien integrado. En cualquier caso, no había tiempo de lamentaciones. El jefe final estaba cerca, y había que machacarlo.

Matatamán había visto todo el combate entre las mellis y los minimemos. Le parecía una función circense donde los payasos se disputaban el puesto de tonto del pueblo. ¡Ay! Si tuviera a Johnny… Echaba mucho de menos a su amigo. Cuando despertó en la jungla, estuvo horas buscándolo; pero Johnny había caído en el río y la corriente se lo llevó a quién sabe dónde. Ahora tenía otro palo. No estaba mal. Servía para curtir lomos y todo eso, pero no era Johnny. Era un desconocido. Casi no se hablaban.

Cuando vio que a las mellis les había atropellado un camión, tomó la decisión de marcharse. No tenía la menor intención de ayudarlas. Estaba harto de aquellas pelirrojas asesinas, de Doc y de todo aquel rollo. Se volvía a su antigua vida. Volvería a hacer el mal por gusto.

Por el camino se encontró a un niñato, con una capa azul, que caminaba como si la calle fuera suya. Matatamán le iba a enseñar a quién pertenecía la calle. Se colocó frente a él, levantó su palo y… ¡¡zapp!! Se comió un rayo que le recargó hasta la batería del móvil.

Rayoboy siguió caminando sin detenerse. Si empezaban a aparecer los maleantes, es que estaba cerca de su objetivo.

Matatamán se quedó boca arriba mirando al cielo. No podía verlo, ya que para él todo era una mancha blanca. Quizás iba siendo hora de dejar de molestar a la gente. De ganarse la vida honradamente. Quizás podría montar una tienda… un comercio de palos o de sombreros. Era hora de jubilarse.

—Aquí huele a *final boss* —dijo Hugo acercándose a un parque del que escapaba una multitud aterrorizada.

—Pues ya va siendo hora de pasarnos este juego —Bajo la máscara, la expresión de Darío mostraba fiereza y madurez —. La verdad es que me está cansando un poco. Prefiero *Minecraft*.

Avanzaban como si llevaran treinta años limpiando la ciudad de supervillanos. ¡Qué porte! ¡Qué gallardía! ¡BOOOM! La fuerte explosión hizo que los héroes gritaran y se abrazaran del susto. Por suerte nadie los vio, y ellos no volverían a hablar del tema jamás.

—Ha sonado por allí. Detrás del parque —dijo Hugo.

Darío asintió a su colega y corrieron abriéndose paso a través de la marabunta de personas que huían del peligro. Es curioso. Se suponía que eso es lo que se debía hacer, huir del peligro. Así se lo había enseñado todo el mundo desde pequeño. ¿Por qué narices estaba haciendo ahora justo lo contrario? Todo el aplomo, toda la seguridad adquirida durante este viaje hacia la heroicidad, empezaba a derrumbarse. Solo unos momentos antes estuvo al borde de la muerte, y ahora corría hacia una caca gigante que lanzaba bolas de fuego. Miró a su amigo, intentando averiguar si Hugo pensaba lo mismo.

Hugo corría con una zancada de casi seis metros mientras pensaba: «¡Hugohulk rompe! ¡Hugohulk destruye!». Miró a Darío sonriendo, seguro de que su amigo pensaba algo parecido.

Álex, el doctor Malterrador, empezaba a aburrirse de todo aquello. Sí, le encantaba destruir, pero es que ya llevaban demasiado tiempo enfrascados y de todo se cansa uno. Empezaba a pensar que podría ir a echarse una siesta mientras sus esbirros machacaban todo un poco y luego volver para el apoteósico final. En ese momento aparecieron dos majaretas con disfraces de superhéroes de tamaño niño. No le hizo falta su superinteligencia para comprender que no eran dos majaretas cualesquiera, sino los dos majaretas que no paraban de meterse en sus asuntos. Esto cambiaba las cosas. Un poco de emoción, al fin.

—Ahí están los superpringaos —dijo con una risotada estridente —. ¡Caquita, ataca!

—Ahora os vamos a detener —dijo Hugo con posición de *power ranger*.

—Ya estamos preparados —dijo Darío como intentando convencerse a sí mismo.

Si hubieran tenido más experiencia, más recorrido en este doloroso camino que llamamos vida, sabrían que, cuando se compite, es primordial actuar primero; y que las frases grandilocuentes, los chascarrillos y los vaciles no hacen más que dar ventaja al adversario. Así pues, antes de que terminaran de hablar, ya veían, y olían, la bola de fuego que se iban a zampar.

Ambos intentaron esquivar. Hugo no era demasiado rápido, por lo que se comió la bola en toda su magnitud. La explosión fue tan fuerte que su onda expansiva alcanzó a Darío en pleno vuelo, estampándolo contra el poste metálico de un columpio.

Los chicos se levantaron como pudieron. A Hugo le dolía la pierna. A Darío, casi todo. A su alrededor comenzaron a aparecer drones que se alinearon en posición de ataque, mientras Caquita se acercaba con la intención de machacarlos a bolazos ardientes.

Darío y Hugo se miraron. No eran supermellis, pero también se comunicaban bien sin palabras. Darío le dijo a Hugo que estaba muy asustado, pero eran lo único que podía hacer frente a la amenaza y tenían que enfrentarse a sus miedos y vencer, o la ciudad caería. Hugo le dijo a Darío que, cuando terminaran con esto, podrían jugar a *Fortnite*, que había temporada nueva. Los dos asintieron, seguros de que el otro le había entendido y comenzaron a dar cera.

Darío atrapó a una docena de drones con su telaraña y los estampó contra el suelo, un par de veces para asegurarse de que no se levantaban.

Hugo saltó diez metros hacia el cielo y atrapó a uno de esos drones, lanzándolo como un disco hacia la formación y destruyendo a otros pocos.

Por desgracia llegaban muchos más y Caquita no se estaba quieto. Otra bola de fuego impactó en la espalda de Hugohulk dejando una marca negra que le dolía hasta a su madre.

Darío no paraba de esquivar los láseres de los drones, mientras los eliminaba uno por uno con sus redes, pero eran demasiados. Destruían diez y aparecían cien. De pronto gritó. Le habían alcanzado a la vez en el hombro y en el pecho. Cayó derribado.

Hugo sufría los disparos de los drones como si fueran pinchazos de aguja. No le hacían heridas graves, pero dolían con rabia. Parecía un loco luchando contra un enjambre de avispas. Distraído como estaba, no advirtió que Caquita se encontraba ya a distancia de guantazo y recibió un golpe de aleta tan fuerte que le hizo dar la voltereta. Hugo se levantó con rapidez y lanzó un derechazo, pero Caquita ya tenía preparada una bola de fuego que impactó en su adversario a quemarropa, lanzando a Hugo unos diez metros atrás, hasta estamparse contra un muro.

Estaban acabados. Darío estaba herido y agotado. Solo quería estar en su sofá con una manta y viendo la tele. Se habían pasado de listos al enfrentarse contra villanos tan terribles. No eran más que niños.

De pronto el cielo se oscureció un poco. Olía a algo raro, como ozono. Un relámpago surcó el cielo y todos los drones cayeron al suelo como si se les hubieran frito las pilas.

Cuando la luz volvió a la normalidad, apareció un muchacho envuelto en una capa azul.

—¿Necesitáis ayuda? —dijo el recién llegado.

Hugo y Darío, en estado de shock, no pudieron hacer otra cosa que asentir con la cabeza.

Rayoboy dio una risotada. Ya estaba todo arreglado, había llegado él para solucionar el asunto… ¡PAM! No vio venir el aletazo de Caquita, que lo mandó al rincón de pensar junto a Hugohulk.

—¡Guau! ¿Eso qué es? —preguntó Rayoboy con la cara roja del guantazo.

—Luego te lo cuento, ahora corre —dijo Hugo.

—¿Que corra por qué? —La pregunta de Rayoboy quedó en el aire, porque el chico entendió de qué iba la cosa en cuanto vio a la bola de fuego acercarse a su cara. Por suerte pudo esquivar la mitad. La otra mitad casi lo destruye. Los tres héroes se agruparon frente a su adversario. Estaban cansados y heridos. Casi al límite. De pronto a Darío se le encendió una bombilla.

—¿Recuerdas cuando el maestro dijo que trabajáramos en equipo? —dijo entusiasmado.

—El maestro nunca dijo eso —Hugo torció el gesto preocupado por si a su amigo se le había fundido un fusible.

—Da igual, es una buena idea —dijo Rayoboy—. Combinemos nuestros poderes.

Caquita se acercaba como un robot asesino. Si alguien hubiera mirado de cerca, si se hubiera interesado en saber lo que sentía Caquita en ese momento, le hubiera parecido advertir unas lágrimas en sus desproporcionados ojos. Quizás fuera una ilusión, porque el monstruo no daba tregua en sus ataques.

Los chicos se miraron y asintieron. Era el momento. Darío atrapó la tapa de una arqueta con su red y se la lanzó al monstruo impactándole en el cuello y dejándolo aturdido. Rayoboy aprovechó el momento de debilidad para acumular toda su energía en un rayo terrible y descargarlo sobre la aberración. Hugohulk golpeó el suelo con tanta fuerza que provocó una falla que acabó alcanzado y derribando a la criatura. Caquita cayó. Se revolcaba en el suelo con terribles alaridos, como sollozando. Lo cierto es que su aspecto derrotado y desvalido desarmó a sus rivales por un instante. Pero Malterrador no permitía la derrota.

—¡Caquita, ataca! No me abandones.

La criatura, obligada a obedecer a su creador hasta el fin, se levantó como pudo para lanzar el mejor ataque que le permitían sus exiguas fuerzas, pero se topó con un golpe combinado tan fuerte, que fue definitivo. Ciento cincuenta kilos de monstruo retumbaron contra el suelo.

Alrededor de Caquita comenzaron a sucederse los mismos acontecimientos que cuando Malterrador lo creó: humo, brillo, seudópodos, espacio tiempo rasgado; y Caquita comenzó a reducirse hasta convertirse en una figura de plástico inerte. Darío se sorprendió al ver que el monstruo sonreía al desaparecer. ¿Sería posible que aquella montaña de heces fecales escondiera, muy en el fondo, un corazón tierno con sus propios sueños e inquietudes? ¿Un alma atormentada por las consecuencias de las barbaridades que le obligaba a hacer su creador? Nunca lo sabremos. Creo.

Desde luego a Álex Malterrador le importaba un pimiento. Su monstruo había sido eliminado. No tenía drones y no había rastro de Matatamán ni supermellis. Aquello era un desastre. No tuvo tiempo ni de salir corriendo cuando dos inspectores de la policía secreta de Criminal City cayeron sobre él y lo redujeron.

—Doctor Malterrador, vas a ir a la cárcel.

—¡Me vengaré! —contestó Álex. Parecía un grito fuera de lugar. Había sido derrotado y, con toda probabilidad, pasaría el resto de su vida en una cárcel de extrema seguridad para supervillanos, pero Álex lo dijo convencido. Se vengaría, aunque le fuera la vida en ello.

Desde luego a nuestros héroes no les preocupaba en absoluto. Habían conseguido su objetivo, al fin. ¿Detener al mal?, ¿salvar la ciudad? No, no. Me refiero a su objetivo principal: dejar de estar aburridos.

Así nació el grupo de fantásticos jóvenes que protegen la ciudad de cualquier amenaza. Este es el origen de Los Épicos.

—Tío, qué aburrimiento —dijo un épico.

—Sí, tío —dijo otro.

—Sí, tío —dijo el otro.

—Podríamos ir a…

EL PÁNICO SE ADUEÑÓ DE LA CIUDAD, Y LA CRUELDAD LLEGÓ HASTA LOS NIÑOS DEL PARQUE. PERO CUANDO EL MAL Y EL TERROR SE EXIBEN SIN MESURA. EL BIEN RECIBE LA SEÑAL Y SE PRODUCEN EXTRAÑAS ALIANZAS PARA LUCHAR EN SU CONTRA.

ESTO ES UN ASUNTO PARA RAYOBOY

AHÍ ESTÁN LOS SUPERPRINGAOS

¡CAQUITA, ATACA!

YA ESTAMOS PREPARADOS

AHORA OS VAMOS A DETENER

NUESTROS HÉROES, NI CON SUS PODERES AMPLIFICADOS, PUDIERON HACER FRENTE A LA POTENCIA DEVASTADORA DE CAQUITA. COMENZARON A PENSAR QUE NO ERAN MÁS QUE NIÑOS Y QUE NO PODRÍAN DEFENDER LA CIUDAD. PERO CONSIGUIERON VENCER SUS MIEDOS Y CONTINUARON LUCHANDO. EN ESE MOMENTO ADVIRTIERON QUE NO ESTABAN SOLOS.

¿NECESITÁIS AYUDA?

51

Printed in Great Britain
by Amazon